Contrapuntos IV

❖

An Experimental Edition

Jennifer Byron, ed.

dig|tuſ
|ndie
publ|ſherſ

EDITORES INDEPENDIENTES
Phoenix, AZ

Fotografía y diseño · *Photography and design:* Arturo Torres · A6studio.com.

Modelo · *Model:* Jackie Calamateos.

Traductor(es) · *Translator(s):* Anja Bernardy, Erika Bondi, Marvin González, Solymar Torres García, Rosa de Los Reyes.

Consejo editorial · *Editorial board:* Erika Bondi, Jennifer Byron, José Flores, Erin Gallo, Indira García, Daniel Holcombe, Marvin González, Marcos Pico Rentería.

Dirección · *Under the direction of:* Marcos Pico Rentería.

Editor(a) Invitado(a) · *Guest editor:* Jennifer Byron.

First digital edition: 2016
First print edition: 2016

ISBN Digitus Indie Publishers: 978-0-9982539-0-9

Impreso y hecho en EEUU
Printed and made in USA

ISSN 2 4 7 2 - 2 0 6 5 (print)
ISSN 2 4 7 2 - 2 0 7 3 (online)
www.digitusindie.com

ÍNDICE · CONTENTS

INTRODUCTION

When I was approached to take part in the fourth edition of *Contrapuntos*, I was given the task of choosing an overall theme that would fuse together the works of multiple authors and as a result, 'experimental literature' was chosen. This term, 'experimental literature' is often considered ambiguous, and in fact I had been asked how I would define such a category. The easiest and perhaps most simplistic manner of explaining what experimental literature is would be that it is writing that breaks away from previously established narrative conventions. Given that we are living in a society that has become more and more entrenched in technology, one can certainly consider such works that are 'born digital' (created via computer programing, or created and disseminated on social media platforms, or blogs, etc.) to fall within the realm of that which is deemed experimental narrative. Yet, can we not also consider vanguard works written in print by Borges as 'experimental' for that matter? Or perhaps the works generated by Surrealist writers and artists? What if we go as far back as to consider that of the *I Ching*? I and many other critics would certainly agree that all these examples can indeed be considered 'experimental'. It is for this reason that I think that the term 'experimental narrative' in that respect is one that is most intriguing. Therefore, by purposely not giving extremely narrow parameters to this term we were able to collect and publish a wonderful variety of work within the spectrum of experimental narrative.

Within this aforementioned spectrum, the collection begins with the work "Lena Luna" by William Blome who presents to the reader a tale that traverses the misadventures of unruly pupils on a school field trip guided by the protagonist, a teacher named Lena Luna, and several other chaperones in the chaos of New York City. Blome captures the tragic events that occur in four segmented parts that utilize ellipses to intertwine the narration. The overall tone of the work is that of dark humor, which becomes apparent from the opening scenes describing the conditions of Lena Luna's classroom to the final moments where Lena finds herself with a new and unusual pastime after having moved from the big city.

The following two works, "Sd. Fritz Jr." and "Todo el mundo

sonríe todo el tiempo en *Padres Forzosos*" by author María Yuste, embody the influence of media (Internet and television) and how it has an effect on our interactions with others, and simultaneously the manner in which narrative is written. These two pieces are written in a narrative style that is brief, fast, and direct, which certainly reflects her larger corpus of creative work which is written on the Internet.

"Un día cualquiera, en Saignon" by Belén Gache is a contemporary rewriting of Julio Cortázar's "Uno de tantos días de Saignon". It is a multidimensional text that has embedded within it hyperlinks that enrich her narrative and the experience of the reader by including moving images and animation. What makes this piece further intriguing, is that—as Gache herself writes in an introduction to her work—the hyperlinks are programmed to display their contents at a specific time; that of the hour of Saignon, France.

Another facet of the experimental that can be found in this volume, is the use of metafiction. This element can be found in Adrian Coto's contribution titled "Don't let senility get in the way." His narration begins with the recollections of a young man who recounts in first person the events of a summer family reunion. This event yields to the unearthing of a painful family history that was previously unbeknownst to its protagonist. Similarly, in regards to the implementation of metafiction, is the story "Siempre había querido escribir una novela sobre ti" by writer Carlos Ponce Meléndez. In this piece, Ponce directly addresses his protagonist-reader by explaining he is writing a work about that individual, depicting the liberties that one takes in the creative process and how one ultimately fashions their protagonist.

"Kiss the Murder" is unique to the edition being that it is a collaboration by two artists, María Cañas and Luis Gordo Vila. The text of Gordo Vila is accompanied by Cañas' images, many of which are in the form of collage—from figures of Italian Renaissance art to old Hollywood actresses captured posing in dramatic scenes, these depictions fuse with the imagery in the verses of the poem by Gordo Vila.

Lilia Chaidez's "Las dos Teresas" is a complex story which depicts a narrator recalling the life of a young man who is enticed by the notion of the American dream but soon discovers that such a concept is lackluster as it leads him to a career of crime. The narration is swift and requires the focus of the reader to consider the framing of the story and how one 'ties together' the beginning and end.

"BDSM" and "Immobility is the New Sexy" written by Lucía Baskaran are two works that dedicate themselves to the themes of performativity, and the constrictions under which we live (particularly women) given the constraints imposed upon us by society's dictations of what is considered "the norm." Baskaran's writing style emphasizes the emotions and sensations of its protagonists so that the reader comes to understand her particular situation, and in doing so emphasizes the sentiment of entrapment.

What starts as a mundane cross-country road trip that a young couple takes in Eric D. Goodman's "Getting Ahead" leads to an abrupt and rather humorous finale. The dialogue between the two protagonists and description of pit stops along the way distracts the reader from the unexpected twist that occurs at the end of the tale. Upon its conclusion, the short story invites the reader to consider the composition of its protagonists' psyche to better understand the actions that unfolded in the narrative.

Finally, José Prats Sariol's work "Sobre la arena" depicts the innermost contemplations of its protagonist, meditating on his past and anticipating an uncertain future as he waits on a beach east of Havana. The prose is eloquent, and as such positions the reader in the shoes of the protagonist and the turmoil that he faces upon considering his present and the uncertainty of his future.

It is paramount to state that the purpose of this prologue and the resulting volume of work is not to create boundaries or limit what can be defined as 'experimental narrative' but rather it highlights the broad spectrum of works that fall within this category. As we can see, the term encompasses a wide variety of characteristics and narrative styles, as this edition of *Contrapuntos* aims to reflect.

Jennifer Byron
Stockholm, 2016

LENA LUNA

William C. Blome

He who can, does.
He who cannot, teaches.

THE WEEK BEFORE SUMMER vacation was always a bitch of a time for Lena Luna in her un-air conditioned classroom, and naturally most so when Manhattan was in the midst of an early heat wave. The kids became smelly and fidgety in their seats, spitballs were much too frequent in the air, basic discipline was just awfully hard to come by, and green and blue flies buzzed nonstop along the small rectangular sections of each classroom window pane.

Several years before what Lena Luna was to later dub the "Day of Extreme Sadness," the flies of early June against her windows had become an occupational irritation of unusual intensity. None of the flies ever seemed to leave or die; they hummed daily as if the window experience was brand new and exciting, as if they'd never buzzed against the glass individually or collectively before. But two days short of when school was to let out for the summer, Lena Luna finally decided to put an end to the incessant chorus, and, in so doing, also launch an object lesson for her unruly students. That morning she packed a claw hammer with her lunch and arrived at school with a fresh-found spring in her step.

The sun had hardly begun its late morning climb when the flies' wings were furiously engaged in making their music. But Lena Luna suddenly halted her lesson plan this day and told her class they'd be glad to know that "the bug noise was now going to cease for the rest of the school year." She then fetched the hammer from her lunch bag and placed a chair below the windows. She hopped up on the chair, and, as if expertly playing some weird marimba, she proceeded to hammer out the flies and the glass of each small panel. The kids cheered wildly and called out their support for Lena Luna, who then got down from the chair and admonished the class for making all that racket. She also warned them, of course, to

4

be careful of the broken glass whenever they moved about.

★ ★ ★ ★ ★

Now on a crisp fall day, Lena Luna (with a lack of foresight many of her faculty compatriots would later find surprising in this twenty-three year veteran of the New York City public schools) and four parent chaperones led twenty-two of Beekman Hill International's fourth graders on a field trip to witness and explore some of New York's vast subway system. Perhaps significantly, none of the students, none of the faculty, none of the school administration and none of the parents had ever requested—or even hinted at—such an outing, though at the same time, neither had any of them been authoritatively or otherwise negative toward the venture. So as the children and adults tramped down the station stairs at Lexington and 59th to begin an underground journey whose planned trajectory would take them south to Canal Street, then east to Sutphin Boulevard and Archer Avenue way out in Queens, then west and back to Manhattan on the Eighth Avenue line to Lexington and 53rd Street, and then a dart north to return to 59th Street, any reasonable person would have been truly skeptical and doubting were someone to suggest that suicide was even vaguely present in anyone's mind that lovely morning, though god knows, it certainly was destined to loom large throughout the day.

The first instance came when two of the girls linked arms at the Canal Street station as the entourage was transferring to the Nassau Street train, and they threatened to jump in unison and roll into the electrified third rail if someone didn't immediately bring them each a half pint of vodka. Despite Lena Luna's fifteen minutes of patient pleading with the girls, when no vodka was brought forth, both of the girls gleefully jumped to their death. But astoundingly, at the next transfer point (far off at JFK Airport), two more students (a girl and a boy this time) threatened the very same thing, the only difference being that here the request was for Lena Luna to strip down to her "flowery drawers" and moon everyone in sight for three timed minutes. Again Lena Luna tried her desperate verbal intervention, as did one of the parent escorts, and seeing that all the talking wasn't producing any results, Lena Luna did take off her short coat and was actually loosening her belt and unzipping her skirt when the little couple chose to leap anyway to their death, arm-in-arm.

5

By now, Lena Luna was sickened and nearly panicked, not only by what had happened, but also because she in no way observed—and seemed unable to arouse or instill—anything resembling grave (or even desperate) concern in any of the remaining students or the adult chaperones. Oh they all appeared to share a kind of deep and unspoken understanding with the four lost pupils, but little else seemed to register. As the moody, muttering caravan at last filed onto the platform at 53rd Street in Manhattan (the field trip's final transfer point), Lena Luna called out to the group to stay tightly together and remain alert as they waited for the Lexington Avenue train to arrive and zip them one stop north to where their day had begun. Thankfully, the group heeded her advice, and things finally seemed ready to conclude as planned when all of a sudden, before the train came in sight, two of the chaperone parents sidled to the edge of the platform, joined hands facing one another, turned to Lena Luna and the children and shouted, "We don't want or need anything from you, bitch, and you can never tell any of us not to crave the gleaming, covered rail. Good luck, kids, good luck!" And with that, they too took a mortal swan dive into high voltage.

★ ★ ★ ★ ★

One night a quarter century earlier, Lena Luna had chanced upon a teenaged girl—a classmate, actually—hurriedly, agitatedly, scurrying down a back alley with some long strips of cloth—some narrow-width rags—flowing from one pants pocket, and a heavy can of turpentine swaying in her right hand. This was in Lena Luna's neighborhood at the time; this was in the alley that ran between the garages behind blocks of brick row homes. Only, the garages themselves were not made of brick; rather, they were of a cheaper, clapboard construction, and Lena Luna surreptitiously watched the girl come to a halt, look around in several directions, and then proceed to wad up some cloth strips and stuff them into the crevice at the base of one of the garage doors. She next unscrewed the cap from the container of turpentine, splashed the liquid around the bottom of the door, and then cigarette-lighter torched the rags and door before running off down the alley. Lena Luna had certainly recognized the young arsonist; they had gone through middle school and were now in high school together, and while the two had never been close friends, Lena Luna believed then and there that she could convince the girl to never again flick a lighter or strike a match near turpentine. While she never did succeed in so teaching the little arsonist, their acquaintance at the time was evidently strong enough that Lena Luna never ratted on the girl and never mentioned to anyone what she had seen.

In light of the fact that the ensuing blaze destroyed eleven garages (including three roadsters) and smoke-damaged many a nearby dwelling, Lena Luna's silence forever seemed to her both troubling and stoic, and never more so than now, as she sat alone in her sunny breakfast nook on Saturday, the day after the field trip, and pondered yesterday's events. By noon, she especially asked herself why the little-arsonist episode kept crossing her mind. "Is it the strangeness, then," she wondered, "that makes the fire events match up with yesterday's tragedies to form this pair of extraordinary bookends on either side of my otherwise routine existence as a person and an educator?"

★ ★ ★ ★ ★

Twelve-hundred seventeen days later, in southern Georgia (where Lena Luna had retired some time ago to live a pleasant, somewhat rural existence), she now lies sprawled out on the ground in her own small backyard. She holds a magnifying glass in front of her squinting eye à la Sherlock Holmes (or even better, Jean-Henri Fabre) and peers down at an anthill of bright red ants. Truth to tell, she has done this often enough that she believes she can now clearly identify several individual ants of the colony. As she patiently watches the creatures come and go, she now and again voices a word of greeting and a bit of personalized advice: "Don't let that piece of food break your back, Ulysses. Believe me, man, there's no Penelope worth it anywhere." Or to another: "Edgar, Edgar, eager worker, roll that dirt before you're hurt." Moreover, if the particular ant in question fails to heed her instruction, Lena Luna angles her magnifying glass such that focused sunlight often starts to scald the disobeying culprit.

On Tuesday, Wednesday and Thursday afternoons, she volunteer-tutors high school youngsters in a church just outside Columbus, and that's it for Lena Luna's life at the moment, that's how things have gradually solidified for her. To summarize and conclude in words she herself has muttered more than once to inquiring neighbors, "Here in the southland, I mentor insects on bright sunny mornings and then instruct teenagers up till dinnertime throughout midweek."

SD. FRITZ JR.

María Yuste

HACE MÁS DE UNA SEMANA que no salgo de casa. En el barrio nunca hay nada nuevo que ver. A veces hablo por Skype con un chico canadiense de nombre aristocrático. Es mi amigo virtual, lo más parecido que puedes tener a un amigo imaginario. Aunque es real. Oigo su voz desganada al otro lado del auricular y veo sus fotos en Facebook. En algunas sale vestido de mujer pero no es travesti. También tiene todo un antebrazo tatuado en tinta negra y una esvástica en el muslo izquierdo pero no es nazi. Lo de la esvástica no lo entiende nadie. Yo tampoco.

Se llama Sean y vive en el sótano de su abuela. Es adoptado así que no es su abuela biológica pero tiene indicios de que su verdadero padre fue un hombre alemán que dejó embarazada a una mujer canadiense y tal vez esté todo relacionado o algo. No sé.

Una vez me envió una carta que apestaba a tabaco porque el día, básicamente, lo dedica a fumar y a comprar compulsivamente por Internet. Cuando se queda sin dinero acepta el primer trabajo que encuentra, trabaja hasta ganar lo que necesita para pagar sus deudas y lo deja. También hace fotos raras como de chucherías espachurradas en el suelo o de caballos a los que los están masturbando para sacarles el semen y venderlo. Dice que hay gente que se hace rica así.

Un día se le fue la mano mezclando antidepresivos y alcohol. Cuando salió del hospital lo primero que hizo fue ir a visitar la tumba de su abuelo, la que había sido su persona favorita en el mundo entero. Aquella noche hablamos. Me habló de él, me contó que de joven había conseguido jugar en la liga de béisbol profesional y yo le dije que era una mierda tener que seguir vivo rodeado de tanta gente que no te gusta cuando una que sí lo hacía ya no está.

Después de aquello se fue a trabajar a una especie de tour

itinerante de la construcción que operaba en distintos puntos de Norteamérica. Viajaba por carreteras secundarias y compartía litera con un ex convicto. La verdad es que nunca llegué a entender muy bien de qué iba todo aquello. Puede que se lo inventara o que lo sacara de alguna película de los años cincuenta pero, durante algún tiempo, fue lo último que supe de él.

Ahora ha vuelto. Dice que echa de menos conducir lejos. Antes iba a las montañas pero se ha quedado sin coche.

—¿Y dónde irías si lo tuvieras?

—A Vancouver, probablemente. Vería el océano, a algunos amigos. Tomaríamos algunas drogas...

Él también se aburre en su barrio.

SD. FRITZ JR.

María Yuste
Trans. by Marvin González

IT'S BEEN MORE THAN A WEEK since I've been out of the house. In the neighborhood, there's never anything new to see. Sometimes I Skype this Canadian guy with a posh name. He's my virtual buddy—the closest thing you can have to an imaginary friend, even though he's real. I listen to his stoner voice come through my headphones while I flick through his Facebook pictures. He's dressed in women's clothing in some of them, even though he's not a transvestite. He's got a full-sleeve, all-black tattoo on his forearm, and one of a swastika on his left thigh, but he's not a neo-Nazi. No one understands the swastika-thing. Me neither.

His name is Sean and he lives in his grandma's basement. He's adopted, so she's not his biological grandma, but he's got word that his real dad is this German guy who knocked up a Canadian lady, and maybe it's all related or something. I don't know.

One time, he mailed me a letter that stunk of tobacco, because he basically chain-smokes all day while he shops compulsively online. When he's broke, he gets the first job he can find, works until he's got enough to square his debts, and then he quits. He also takes these weird pics of smashed gummy bears on the ground or of, like, those horses they masturbate to extract semen for sale. He says there are people that get rich off stuff like that.

One day he went too far when he mixed alcohol and antidepressants. When he got out of the hospital the first thing he did was visit his grandpa's grave, who was his favorite person on earth. We talked that night. We talked about his grandpa, and how when he was younger he'd been drafted to the MLB, and I told him it was bullshit that he had to go on living surrounded by so many people he couldn't stand, when the one person you truly care about is gone.

10

After that, he went to work for a construction company that took him on tour through several States. He traveled down back roads and shared bunk beds with an ex-con. The truth is, I never understood what was going on with all of that. It's possible he made that shit up, or like stole it from some old 1950's movie, but that was the last I heard of him.

Now he's back. He says he misses driving those long distances. He used to travel to the mountains, but now he's carless.

"So, where would you go, if you had a car?"

"Vancouver. Probably. Go check out the ocean; see some buddies. Take some drugs…"

He gets bored of his neighborhood too.

TODO EL MUNDO SONRÍE TODO EL TIEMPO EN *PADRES FORZOSOS*

María Yuste

MI MADRE DEPENDÍA de las drogas prescritas. Mi padre de los dogmas de una organización de personas decepcionadas que buscaban el sentido de la vida en el control de la eyaculación. Mi hermana recortaba fotos de Cindy Crawford y las pegaba por las paredes de su habitación para no comer. Yo lloraba a escondidas porque quería ser otra persona. Quería llamarme Stephanie, ser rubia y vivir en San Francisco. Tener un golden retriever, más hermanas rubias y que en mi colegio hubiera taquillas.

Mi mejor ventana al mundo era la televisión y la tierra prometida, California.

Mi madre madrugaba, limpiaba la casa y trabajaba. A mi padre le hacían *bullying* en la oficina y, a veces, no salía de la cama. Jugaba al ajedrez con un tablero electrónico que le daba la réplica a través de un piloto rojo. Mi hermana se escapaba de casa para ir a la discoteca. Mi padre salía de la cama para buscarla. Mi madre llamaba a casa de todas sus amigas. Llamaba a los hospitales. Yo comía delante del televisor y lanzaba las servilletas usadas detrás del mueble del salón para no levantarme a tirarlas a la basura. Para seguir viendo la tele. Mis padres las descubrieron un día hechas una bola, manchadas de tomate. No se enfadaron porque pensaron que se trataba de algún tipo de filia grave. Yo lloré porque no estaba loca. Lloré por una timidez enfermiza. Lloré porque no me gustaba la gente. Lloré porque quería vivir en otra parte.

Mi hermana salía y dejaba notas en las que escribía que se iba y no sabía si volvería. Mi padre me escribió un cuento sobre una cama que estaba triste porque ya nadie la usaba. Mi hermana siempre volvía. Mi madre se peleaba con la adolescencia de mi hermana. Mi madre se peleaba con la depresión de mi padre. Mi madre perdía los nervios. Mi madre lanzaba objetos contra las paredes. Yo tiré mis zapatos contra el armario de las sartenes porque no quería cortarme el pelo. Mi madre tiró la casa de Pin y Pon contra la pared de mi habitación por algún motivo. Mi hermana se fue a vivir con mi abuela. Volvió a la semana.

Mi padre escribía poesías a mujeres que estaban en su cabeza. Yo me hice un garabato en la frente con el pintalabios favorito de mi hermana y dije que era un polvorón. Mi madre limpiaba en un hospital. Mi madre quería ser cirujana. Pero mi madre nació en el campo. Mi padre componía canciones dedicadas a un hombre colombiano al que admiraba porque el espíritu de Marte se había reencarnado en él. Yo gané un premio por inventarme un cementerio de cacas de perro. El premio era un reloj suizo rosa. Mi padre quería que yo fuera niño para ponerme su nombre. Me puso su nombre igualmente. En el salón de actos del ayuntamiento me entrevistaron para la radio. El locutor me preguntó en directo que cómo me llamaba. Yo dije que Nicole. Mi padre nació en el franquismo. Los médicos dijeron que no llegaría a la democracia. Mi padre se moría y él no lo sabía. Mi padre vivió engañado. Mi hermana ganó un pez naranja en la feria. Como pasaba el tiempo y no se moría, lo tiramos al río.

EVERYONE SMILES ALL
THE TIME ON *FULL HOUSE*

María Yuste
Trans. by Marvin González

MY MOM WAS ADDICTED to prescription drugs. My dad was a member of a cult whose brainwashed members searched for the meaning of life through the control of their ejaculations. My sister cut out Cindy Crawford from magazines and plastered her all over her room, so that she wouldn't eat. I cried in secret because I wanted to be someone else. I wanted to be called Stephanie, be blonde, and live in San Francisco. I wanted a golden retriever, to have blonde sisters, and wished that my high school had lockers.

My window into the world was my TV and the promised land– California.

My mom was up at dawn, she cleaned the house then went to work. My dad was bullied at the office, and sometimes he wouldn't get out of bed. He'd just play chess on a machine that replied to him via a red light. My sister snuck out of the house to go to the club. My dad would wake up to look for her. My mom would call all her friends. She called the hospitals. I ate in front of the TV tossing my used napkins behind the family pictures on top of the TV stand, so I wouldn't have to get up to throw them away. Just to keep watching TV. My parents found them all one day, greasy and tomato-stained. They didn't get mad, because they thought it had to do with some type of obsession. I cried because I wasn't crazy. I cried because I hated people. I cried because I wanted to live somewhere else.

My sister would leave the house, leaving notes saying she didn't know if she'd ever come back. My dad wrote me a short story where a bed was sad because no one would use it anymore. My sister always came home. My mom was always at odds with my sister's adolescence. My mom was always at odds with my dad's depression. My mom would lose her nerves. My mom would throw things against the wall. I once threw my shoes against the cupboard full of pots and pans because I didn't want a haircut. For some reason, my mom threw my Mattel dollhouse against the wall in my room. My sister went to live with my grandma. She came back a week later.

My dad wrote poetry to women he made up in his head. I scribbled on my forehead with my sister's favorite lipstick and said the scribble was a Christmas dessert. My mom was a custodian at a hospital. My mom wanted to be a surgeon, but she was from the countryside. My dad composed songs to a Colombian man he admired, because the spirit of Mars had reincarnated in him. I won a prize for coming up with a cemetery where people could bury dog shit. The prize was a pink Swiss watch. My dad had wanted me to be a boy so he could name me after himself. He gave me his name anyway. I was interviewed for the radio in the council chambers at city hall. The interviewer asked me live on the air what my name was. I told him—Nicole. My dad was born during the Franco regime. The doctors said he would never see democracy. He was dying and he didn't know it. My sister won a goldfish at the fair. As time went on, the fish wouldn't die—so we threw it in the river.

UN DÍA CUALQUIERA,
EN SAIGNON[1]

Belén Gache

Jueves.

9:30 a.m.

DESAYUNO TÉ DE JAZMÍN con pain aux herbes mientras leo un libro de poemas de Gary Snyder. Apoyo mi taza sobre un ejemplar del Diary de John Cage, How to Improve the World (You Will Only Make Matters Worse), mientras mi axolote observa las piedras calizas del oligoceno paleógeno a través de la ventana. Entre las margaritas de mis canteros de flores, escucho el canto de las cigarras.[2] De esas cigarras que se pasan décadas viviendo como parásitos subterráneos y salen sólo para cantar, aparearse y para morir en un sólo día.

10:45

Pasan a visitarme Simone de Beauvoir y René Char. Han subido andando por el sendero que conduce al pueblo. Hablamos de existencialismo lingüístico y de la resistencia protopoética. Cuando se van, ella me saluda dándome cuatro besos en las mejillas. Pero no izquierda-derecha, izquierda-derecha sino izquierda-izquierda, derecha-derecha.

Me dirijo a la huerta y cojo unos tomates pensando en la

---

[1] Reescritura del texto de Julio Cortázar "Uno de tantos días de Saignon". Este texto, según las propias palabras de Cortázar, es "una especie de diario de un día de vida en mi aldea provenzal de Saignon". Está incluido en el libro Último Round (1969), segundo de los libros-almanaques y libros-collages publicados por este escritor. Respetando el espíritu experimental de un texto que cuenta con diferentes dimensiones, "Un día cualquiera en Saignon" se completa mediante hipervínculos que tienen la particularidad de activarse sólo en los horarios indicados (hora de Saignon, Francia).

[2] http://belengache.net/saignon/0930.html

epifanía lírica del mundo natural.

11:15

Hablo por Skype con Rosa de Luxemburgo. Reflexionamos juntos sobre la dialéctica de la espontaneidad y la organización. Ella dice que la libertad es siempre la libertad de los disidentes. Yo le recuerdo que el mundo de los felices es muy distinto al mundo de los infelices.

Pero la conexión está muy entrecortada y puede que sea porque se está largando a llover.[3]

12:25

Escribo en mi ordenador un poema en el que cada palabra empieza con una letra sucesiva del alfabeto:
"Ay, Bellas Cabezas De Elefantes,
Frentes Grandes, Hermosas,
Ingentes Jilgueros, Letárgicas Mangostas
No Os Preguntaré Qué Representa
Sentir Tanta Unión Verdadera:
Xilofones Y Zapallos."

Pero no me gusta mucho cómo me ha salido, así que lo borro.[4]

13:00

Almuerzo en el jardín una ensalada de tomates recién cortados de mi huerta. En eso estoy cuando soy atacado por un montón de avispas africanas. Entonces, recuerdo que una vez, en la Isla Negra, Pablo Neruda me había contado que las avispas, al igual que los toros, son atraídas especialmente por el color rojo.

Dejo abandonado mi plato y entro en la casa buscando refugio. Escribo un poema sobre las avispas pero no me convence mucho. Así que lo borro.[5]

15:43

Por milésima vez, leo Ubu Roi. En especial, el párrafo que refiere a

[3] http://belengache.net/saignon/1115.html

[4] http://belengache.net/saignon/1225.html

[5] http://belengache.net/saignon/1300.html

la machine à décerveler. El nuevo rey quiere destruir a todos los personajes ricos a fin de apoderarse él mismo de todos sus bienes. La máquina de destruir cerebros trabaja sin cesar y cuanto más la utiliza Ubu, más rico deviene.

16:05

Me vienen a visitar Jacques Lacan, Salvador Dalí y el Che Guevara. Llegan montados en un Citroën «Déesse» verde metalizado igualito al que usaba el General De Gaulle.

Hablamos sobre la dicotomía civilización-barbarie mientras bebemos crème de cassis:

—Le grand récit de la modernité a été marqué par une opposition irrésolue entre la civilisation moderne et la barbarie —comento.

—Peut-être. Mais ce que je cherche dans la parole, c'est plus que tout la réponse de l'autre —dice Lacan.

—La intel·ligència sense ambició és com un ocell sense ales —indica Dalí.

—El verdadero revolucionario es guiado por un fuerte sentimiento de amor —concluye el Che.

Finalmente se van, no sin antes haber bailado todos juntos una mazurka.[6]

16: 35

Hablo por Skype con Octavio Paz, desde Nepal. Él me cuenta acerca de un jefe de los monos capaz de volar, de saltar de la India al Ceylán en un solo movimiento, de coger entre sus garras a todas las nubes del cielo. Es el mono gramático Hanuman, que aparece en el Ramayana. Mientras veo el rostro de Paz gesticular en la pantalla, puedo escuchar a lo lejos letanías budistas[7] del atardecer.

17:30

Hora de darle de comer a mi axolote. Le doy de comer tres veces al día, una pelota de gusanos vivos, cada vez. A veces, pienso que va a comenzar a crecer y crecer, de manera de volverse un monstruo de una kaijū eiga (las películas japonesas de sci-fi que incluyen

[6] http://belengache.net/saignon/1605.html

[7] http://belengache.net/saignon/1635.html

18

monstruos).

Por cierto, una vez en Tokio me encontré con Nathalie Sarraute y fuimos juntos al cine, pero no vimos una película de monstruos sino una de la Nūberu bāgu (la Nouvelle vague japonesa).

17:22

Voy al chino a comprar un gato de la suerte[8] y, de regreso, me encuentro con el fantasma de Gertrude Stein en el medio del sendero. Ella me dice que una rosa es una rosa es una rosa.

También me dice:

—I´m afraid that my experimental writings are becoming almost incomprehensible, both for Americans and French readers.

—"Schriftsteller müssen zwei Länder haben, eins, wohin sie gehören, und eins, in dem sie wirklich leben."—le digo yo.

Ella está por contestarme, pero justo en ese momento llega André Masson y se la lleva al pueblo a comprar caramelos de bergamota.

18:14

Miro el reloj. Por un extraño motivo, son de nuevo las 11:30[9] de la mañana. Pero cosas más extrañas se han visto.

19:20

Me pongo a pintar un cuadro: un dripping. Me acuerdo cuando me presentaron a Jackson Pollock en una gala del Met. Él tenía el tatuaje en su antebrazo que decía "Wyoming" y juraba y rejuraba que el día anterior no lo tenía y que no se acordaba de haberse hecho nunca un tatuaje.

Pinto mi propio dripping y queda bastante bien. Creo que se lo regalaré a Cabrera Infante cuando lo visite en este verano, en su casa de Plymouth, para que lo coloque arriba del Cocotaxi a escala.

20:30

Hora de mis ejercicios de yoga vedanta. Hago una antena con los

[8] http://belengache.net/saignon/1722.html

[9] http://belengache.net/saignon/1814.html

dedos de la mano derecha y bloqueo mi fosa nasal derecha con el pulgar. Respiro larga y profundamente por el lado izquierdo por 3 minutos. Inhalo y mantengo la respiración por 10 segundos. Luego, repito el primer ejercicio, pero utilizando la mano izquierda y respiro por el lado derecho. Así, cinco veces de cada lado.

21:45

Ya ha salido la luna. Está prácticamente llena. La lune est ronde, la lune est belle, la lune est blonde. Mientras la luz lunar baña las copas de los árboles, escucho a lo lejos el berreo[10] de los ciervos rojos apareándose.

23:54

Me voy a dormir. Sueño que le escribo una carta a un Primer Ministro pero que, en lugar de la carta, meto dentro del sobre una araña. Me despierto sobresaltado. Voy hacia la sala y enciendo mi viejo electrofono y pongo un disco de pasta de Edith Piaf a todo volumen. La voz del gorrión de París sale por las ventanas de la casa e inunda la meseta de Valensole, cubierta de almendras y de lavandas:

«C'est payé, balayé, oublié….je me fous du passé!»

---

[10] http://belengache.net/saignon/2145.html

DON'T LET SENILITY
GET IN THE WAY

Adrian Coto

I HAD JUST SPENT ABOUT a week on Lake Shasta. Some friends and extended family went on this trip, and on the drive back to Los Angeles we stopped at my aunt and uncle's place in Paso Robles.

It was a nice house, one story, small, but just enough space for 4 or 5 people to relax comfortably. There were maybe 15 of us, 4 of which were kids under 12. I was easily the youngest adult, which automatically made me the oldest kid. I found no peace in reading or trying to recount my past week in a journal as I was constantly having to moderate indoor hide and seek and answer little kid questions about big kids.

Luckily, a few other relatives had planned to take everyone on a few winery tours (we were in wine country after all). I was ready to go, until I found out the kids were going as well. Another stroke of fortune hit, as my dad came down with some kind of food poisoning.

"I'll look after him," I said to my mother before everyone left. Before they did, an uncle who had travelled from Mexico to make the trip pulled me aside and handed me a couple cigarettes. "You'll need these," he said in broken English.

The only other people who stuck around the house were my grandparents. My grandfather, still sharp as gardening equipment, resigned to a nap in the room where he was staying. My grandmother, who had spent the last 10 years in front of television to cope with family infighting, distressed, as there was no cable. I went into my bag, grabbed the cigarettes, and left with my cousin's skateboard.

It was hot out, very hot. Like triple digits hot. So hot that I really didn't feel the nicotine buzz until I reentered the air-conditioned house. I covered it up nicely, brushed my teeth, dropped my eyes. After checking on my dad, I sat in the living room near my grandmother, who was staring off into space, slowly falling asleep. She was (and still is) at that point where she is startled anytime she sees me.

In Spanish she asked, "What are you doing?" I told her that I was writing some stories about the lake. She seemed marginally interested and suggested I write different stories, ones about her family before they fled to California from Mexico.

"Cuéntame, pues," I said.

"There was a time in Mexico when the government outlawed Christianity. This started a rebellion, a group of rebels called Los Cristeros fought against the government for the sake of Christianity. They travelled from town to town, took money and weapons and men and women to help continue the war. They killed anyone who resisted.

One day, they came to our pueblo, I was just a little girl then. They came to our house, and pulled your great grandfather out of the house. 'Fight for us,' they said as he proudly declined. They beat him for a few moments right in front of us and tied him up. The leader of the group walked your great grandfather around the pueblo, showing him all the trees. 'There's a nice one,' the leader said, 'And that one too.' Then they walked to the tallest tree in the town. 'Now this one, this is beautiful. This is a beautiful tree to be hanged from don't you think?' as another rebel tossed him a length of rope. Your great grandfather begged and pleaded, 'Please! My family, who will take care of my wife, my children?' He cried so loudly and shook so hard that I could hear his bones rattling. 'PLEASE! MY FAMILY!' The leader waited a moment and then released him. 'Coward! Go back to your family, you who will not die for Christ!' And then they left, never to return to our pueblo."

She wrapped up the story, and I was shaken by it. In fact, I was shaken so much so that I went and fixed myself a paloma, heavy with tequila.

When everyone returned from the wineries, I asked my mother about the story.

"Is it true?"

"I don't know son, I really don't."

22

NO DEJES QUE
LA VEJEZ SE INTERPONGA

Adrian Coto
Trans. by Solymar Torres García

ACABABA DE PASAR UNA SEMANA en el Lago Shasta. Algunos amigos y familiares habíamos hecho el viaje juntos, y de regreso a Los Ángeles paramos en la casa de mis tíos en Paso Robles.

Era una casa bonita, de una sola planta, pequeña, pero con sólo suficiente espacio como para que 4 o 5 personas se pudieran relajar cómodamente. Estábamos 15 personas, 4 de las cuales eran niños menores de 12 años. Yo era fácilmente el adulto más joven, lo cual me convertía automáticamente en el niño mayor. No pude hallar paz en la lectura ni en el intento de anotar los acontecimientos de la semana previa en mi diario, ya que me encontraba una y otra vez obligado a moderar juegos del escondite y a contestar preguntas.

Afortunadamente, algunos parientes planificaron un pasadía a unas bodegas (al fin y al cabo estábamos en una región vitinícola). Yo estaba listo para acompañarlos hasta que me enteré de que los niños también iban. Sin embargo, enseguida se me presentó otro golpe de suerte cuando mi papá cayó enfermo con una intoxicación.

–Yo lo cuido–, le dije a mi mamá. Un tío, que había venido desde México para hacer el viaje con nosotros, me apartó del grupo y me entregó unos cigarros. –Te harán falta–, me dijo en su escaso inglés.

Los únicos que se quedaron en la casa fueron mis abuelos. Mi abuelo, cuya mente aún estaba tan afilada como una herramienta de jardinería, se retiró a dormir la siesta en el cuarto que estaba ocupando. Mi abuela–quien había pasado los últimos 10 años frente a la televisión para escapar de los conflictos familiares– estaba desesperada, pues no había cable en la casa. Saqué los cigarros de mi bolsa y salí a la calle con la patineta de mi primo.

Hacía calor, mucho calor. Era un calor tipo tres-dígitos Fahrenheit. Hacía tanto calor que ni sentí el mareo de la nicotina hasta que volví a entrar a la casa con aire acondicionado. Me cepillé los dientes y me puse gotas en los ojos para disimular. Después de asegurarme de que papá estaba bien, me senté en la sala junto a mi abuela, quien estaba mirando al vacío, casi dormida. Ella estaba (y aún está) en esa etapa de la vida en la cual se asusta cada vez que me ve.

Me preguntó en español, –¿Qué haces?–Le dije que estaba escribiendo unos cuentos sobre el viaje al lago. Ella demostró poco interés en el tema y sugirió que me dedicara más bien a escribir otros tipos de cuentos, unos sobre la familia antes de que huyera hacia California desde México.

–Cuéntame, pues,– le dije, también en español.

–Érase una vez en México cuando el gobierno prohibió el cristianismo. Estalló una rebelión y un grupo llamado Los Cristeros se enfrentó al gobierno. Los rebeldes viajaban de pueblo en pueblo, tomaban dinero, armas, hombres y mujeres para continuar la guerra. Mataban a todos los que se resistieran.

Un día, llegaron a nuestro pueblo, yo era apenas una niña en ese entonces. Vinieron a nuestra casa y sacaron a tu bisabuelo a la calle. –Únete a nosotros–, le ordenaron pero él se negó. Lo golpearon y lo amarraron. El líder del grupo lo arrastró por todo el pueblo, señalándole cada árbol. 'Ese está bonito,' le dijo 'y ese también'. Entonces lo llevó hasta el árbol más grande del pueblo. 'Este sí que es lindo. Este es un árbol hermoso para colgar a una persona, ¿no crees?' dijo mientras otro rebelde le lanzaba una soga. Tu bisabuelo le suplicó '¡Por favor! Mi familia, ¿quién cuidará de mi esposa, mis hijos?' Lloró tan duro y tembló con tanta fuerza que sus huesos tronaron como cascabeles. '¡POR FAVOR! ¡MI FAMILIA!' Después de una breve pausa, el líder lo soltó diciendo '¡Cobarde! Regresa a tu familia. ¡Tú nunca morirías por Cristo!' Los rebeldes se fueron y nunca regresaron a nuestro pueblo–.

Mi abuela dio fin a su relato dejándome perturbado. De hecho, estaba tan inquieto que me preparé una paloma con mucho tequila.

Cuando regresaron los demás de las bodegas, le pregunté a mi mamá sobre la historia que me había contado mi abuela.

–¿Es cierto?

–No sé mi'jo, la verdad es que no sé nada.

KISS THE MURDER

María Cañas and Luis Gordo Vila
Trans. by Rosa de Los Reyes

TRAS MUCHO DUDARLO,
entró en el baño
y encontró a su amante muerta,
flotando,
al verla murmuró:
Ahora sé por qué mi madre nunca se bañaba.

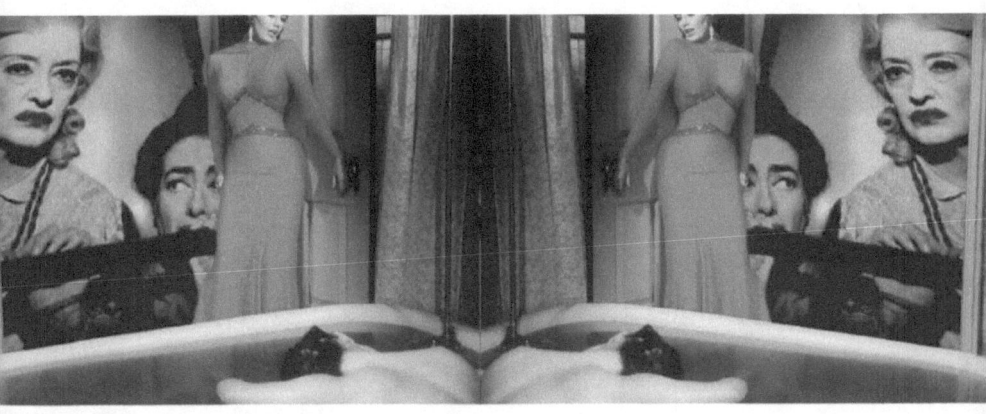

She entered in the bath
after a lot of doubts and found
her lover dead
she was floating,
when she saw her, she murmured:
Now I know why my mother never took a bath.

Bienvenidos a la fiesta funeral
donde las vaginas son faros
y los hombres del otoño
lloran por lo que ya nunca serán.

Welcome to the funeral party
where the vaginas are beacons
and the men of autumn cry
for they will be never more.

Fue dulce niña,
y después sensual animal,
ahora sólo es una cantante calva
que canta una perpetua nana sangrienta.

She was a sweet child
and after she was a sensual animal
now she´s only a bald singer
that sings a perpetual bloody lullaby.

Me gusta jugar contigo
girar y caer sobre ti
hasta que todo sea rojo
y el demonio aúlle
el Blues del Fuego.

I like to play with you
to turn and to fall over you
until everything´s red
and the demon
sings the Blues of Fire.

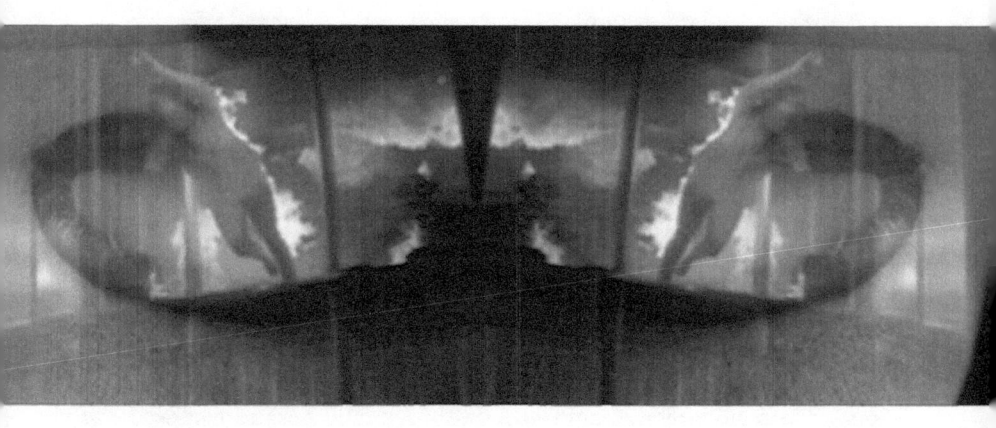

LAS DOS TERESAS

Lilia Chaidez

HABLABA CON ELLA como quien habla con Dios. Con toda la sinceridad. Consiente y hasta deleitado de su omnisciencia; con esa sensación de que no era culpable de nada por el simple hecho de no ocultar nada. Decía que había dos Teresas: la buena y la mala. "Es que esa Teresa tiene par y parecido; todos tienen par y parecido. Par y parecido. Todos. Las dos Teresas". Y lo repetía. Interminablemente. La buena le daba calabaza pa' almorzar, la mala le dejaba morirse de hambre. La mala le reprochaba todo; lo mandaba a cuidar los animales, traer agua, etc. La buena le regalaba una camisa cada cumpleaños, le remendaba los pantalones y le cortaba ese pelo rizado y castaño que en ocasiones lo lucía con rastras. Todos sabían quién era. En sus tiempos Ubaldo Reina fue un hombre guapo—de cuerpo bronceado, fuerte y ojos verdes vivarachos. Estuvo a punto de casarse con la mujer más bonita del pueblo pero la dejó; con vestidito y todo la dejó. Nunca se supo por qué. Ella lloró por cuarenta días, como cuando las mujeres paren, y luego hizo el amor y se fue con un fulano de la sierra. Él se fue de bracero a California. Recogió uvas, peras y demás. Pero esa vida no era para él. Él quería el sueño "americano"; del que le habían hablado los propios gringos. Un día conoció a un hombre que le ofreció precisamente eso. Pronto estaba pasando kilos de marihuana de un lado al otro: por desiertos, montañas y frente a agentes comprados. Pronto. Pronto tendría todo el dinero que había soñado y se mandaría construir una "casita" en San Nicolás, junto a la iglesia del Santo Entierro. Le puso una muralla que abarcaba toda la laguna; nadie sabía qué había dentro. Solo se divisaba la cúpula de oro. Eso era todo. Los niños jugaban alrededor e intentaban treparse, solo para fracasar miserablemente. Desde el cerro se miraba el césped y lo que parecía un pedazo de mar. No le duró mucho la gloria. Lo agarraron con su trabajo en las manos. Una vez me tocó verlo recordar; y empezó a sudar y gritar su historia. Como lo aventaron, como si fuera el cuerpo muerto de un perro, en un cuarto gris. Frío. Llegaban cada dos horas. Y escuchaba los pasos. Y aunque no vinieran los pasos siempre le resonaban en la cabeza. Sabía exactamente cuantos pasos tomaban para llegar hasta él. Respecto a las muecas, dependía del agente en turno: algunos fruncían la boca, otros reían a lo descarado, con la risotada que hacía temblar las paredes, otros se volteaba para no mirarlo. Para él todos eran uno. El resultado siempre era el mismo. Le azotaban con cadenas mientras sus uñas se resbalaban por el piso de metal. Las cadenas frías sobre su cuerpo. Pesadas. Solo quería morir. Y se los imploraba. La muerte como única salida. Pero no le dieron ese gusto. Así agonizó por tres meses y trece días, todo para reencarnar en la demencia; nunca murió, pasó de largo de una vida a la otra, lo que parece el sueño de muchos pero que para él fue una pesadilla. Luego lo mandaron en un camión desvencijado con una reja dentro, como animal herido, sin saber ya quién era, hacia Tijuana. Tampoco recuerda cómo terminó en San Nicolás. Pero ahí estaba. El palacio era ya de su hermano. Él no tenía nada. Mi madre lo abrazó y luego le trajo una taza de té "pa' que se calmara". Yo estaba en la esquina del zaguán; esperando que dejara de gritar. Venía a la casa de mi madre casi a diario. Le traía quelites o lo que encontraba; eso sí, nuestra casa era de él, así que cuidaba los magueyes. Y sí, la casa fue de él en algún momento, pero mi padre la había comprado; mi madre le decía que sí, que era de él y yo lo aceptaba como un fantasma en nuestra propiedad— para mí no era tanto un hombre como una parte más de la casa. Mientras yo crecía él seguía plantando magueyes por todas partes; cuando estaban grandecitos les platicaba y después ordeñaba su miel. Y siempre hablaba de las dos Teresas. Y yo no lograba entender por qué yo solo conocía a una.

SIEMPRE HABÍA QUERIDO ESCRIBIR UNA NOVELA SOBRE TI

Carlos Ponce Meléndez

> *"Me celebro y canto a mí mismo.*
> *Y lo que yo diga ahora de mí, lo digo de ti,*
> *Porque lo que yo tengo lo tienes tú*
> *Y cada átomo de mi cuerpo es tuyo también.*
>
> *Y con mi aliento puro*
> *Comienzo a cantar hoy*
> *Y no terminaré mi canto hasta que me muera.*
> *Que se callen ahora las escuelas y los cerdos*
> *Atrás. A su sitio."*
>
> *Walt Whitman, Canto a mí mismo.*

SIEMPRE HABÍA QUERIDO ESCRIBIR una novela sobre ti porque eres la persona que conozco mejor; además eres un ser curioso, te has levantado de golpes de la vida que habrían acabado con muchos. Pero también ocultas lacras repugnantes que solo tú y yo sabemos. Eres un pecador, eres un héroe; eres un falso, eres un guerrero. A veces te comportas como un santo y otras como un maldito y no sabes por qué. Como el día en que llegaste de la escuela y tu mamá te dijo que tu padre había muerto. ¿Y qué importa? Todos los días mueren miles de padres en todo el mundo, de todos los colores, ocupaciones y condiciones ¿Por qué habría de ser especial la muerte del mío? Pues porque era el tuyo, el que ese mismo día murieran mil, diez mil padres más no tiene relevancia para ti. De todos esos muertos solo tu padre te cargó, te alimentó, te arrulló. Tu cuerpo nació del suyo, tienes sus genes, su color de piel, su temperamento, por eso debió afectarte su muerte, no la de Pablo o John, o Xian, solo la del tuyo.

No te resulta fácil hablar de tus sentimientos. Parece que decir una historia es sencillo cuando lees las que escribieron Dickens, Rulfo o Balzac pero para ti no es fácil decir lo que traes adentro sobre la muerte de tu padre, no sabes qué decir. Después de todo no se suicidó, no fue asesinado por un complot político, fue una vulgar bronquitis de esas que matan a diario a miles de personas en el mundo sin pena ni gloria. Claro que al escribir mi novela yo puedo tomar algunas libertades literarias, por ejemplo, puedo cambiar la causa de defunción de bronquitis al ataque de las Torres Gemelas. O puedo convertir a tu padre en un espía que trabajaba para el gobierno de China y de Rusia y por eso la CIA lo asesinó. ¿Quién me lo impide? ¿Qué tiene de malo? Yo soy el creador, yo puedo matar a tu padre como a mí me dé la gana, él te dio la vida sin consultarte, en mi historia yo puedo acabarlo como mejor me parezca.

Tu cuarto está lleno de objetos raros; libros antiguos, instrumentos musicales que nadie sabe tocar, radios de bulbos, un pedazo de una macana de policía, un taladro hidráulico, una cinta oxidada de medir, plantas secas y otras cosas caducas que estarían mejor en la basura. ¿Cómo pueden caber tantos objetos inútiles en un espacio tan reducido? ¿Estás tratando de ocultarte de tu soledad? Es como tu mente, llena de pedazos de información acumulados poco a poco, que no desechaste a tiempo y que no sirven para nada. Recuerdos que se mezclan causándote tristeza a veces, felicidad de vez en cuando. Son pensamientos que se te escapan y te hacen una veleta intelectual. Al igual que tus pertenencias a veces los cambias de lugar, de vez en cuando desechas alguno. O se te olvida que lo tienes. Así eres; dudas, cuestionas, piensas, llegas a conclusiones. Tiempo después vuelves a tener las mismas preguntas, te regresan los mismos dilemas, no avanzaste nada. En cambio los fanáticos están exentos de incertidumbre. Tal vez por eso son intransigentes y les da terror cuando alguna duda los asalta.

Viendo tu pecera me hace pensar que los humanos hemos de estar en una situación similar a la de esos peces. Ellos no saben lo que hay más allá de su entorno, nosotros tampoco. Si alguien nos está observando no lo sabemos. Nos movemos, buscamos, nos escondemos, tratamos de explorar pero no llegamos más allá de ciertos límites que nos dejan con las mismas preguntas: ¿Qué hay más allá? ¿Hay un dios o estamos solos?

La gente que te rodea no te ayuda, los que dicen que tienes talento para escribir te dirían lo mismo si trataras de ser pintor, panadero o bailarín. Te halagan aunque a tus espaldas digan que deberías ocupar tu tiempo en algo útil. Los que te desdeñan te seguirán menospreciando aunque ganaras el premio Nobel de literatura.

Esto no es una novela, no tiene trama ni estructura, los personajes no están definidos. Tú ni siquiera sabes contar un cuento, olvídate de escribir una novela. Si quieres escribir algo, allá tú pero a mí no me pongas en tu experimento y menos que digas que esa bazofia es sobre mí. Pues lo siento pero no puedes hacer nada al respecto, y no importa si lo que escribo es una novela, un ensayo o bazofia, como dices. La falta de reglas me libera pues yo hablo sobre la vida y la vida no es lógica, la vida es absurda, caótica, ridícula como mi novela. Los que estudian cursos para escribir quedan atrapados en redes de normas, reglas, dogmas. No crean nada, solo llenan formularios. Si quisieran escribir sobre la realidad tendrían que ponerse un supositorio anti literario que les saque la mierda que los limita, que los hace estreñidos de independencia.

De pronto la realidad comienza a parecer irreal. Es una transformación lenta, casi imperceptible pero a la vez irrevocable. Los objetos pierden sus contornos; autos, edificios, semáforos empiezan a bailar, a mezclar sus colores, a fusionar sus formas olores y sabores. Ya no hay objetos identificables, todos se aglutinan, forman una gran maza que se separa cíclicamente creando nuevas configuraciones. El escenario se convierte en un guiso atroz que se asemeja a un vomito. Me confundo, me da miedo, quiero escapar, volver a lo conocido pero no puedo. Un hombre camina por la acera de enfrente, aparece otro, y otro, son muchos. Nunca me había fijado en lo absurdo del cuerpo humano. Erguido como una lombriz, es un tronco con dos mangueras colgándole a los lados. Al final de cada manguera penden cinco pequeñas tiras que parecen ubres de vaca pero no dan leche. Se apoya en dos troncos menores que mueve rítmicamente para desplazarse. Encima del tronco sale una bola con dos focos que usa para ver y remata la esfera con pelos en la parte más alta. Los demás animales nos deben percibir como unas bestias horribles y absurdas que hacen maravillas para equilibrarse. ¿Quién fue el poeta que encontró belleza en esa forma semi-arácnida? Qué pesadilla.

Tú quieres escribir una novela sobre ti pero tienes miedo, por eso te escudas en mí. Eres un cobarde. Lo que quieras decir dilo en tu nombre no en el mío. Di lo que se amontona en tu garganta y te ahoga pero no uses mi alma. ¿Y si la historia no es relevante? Es que no hay historia, ¿no te das cuenta? Es confuso, algunos días te consideras un genio, otros te sientes ridículo por querer ser escritor.

Tu padre murió hace muchos años cuando eras un niño pero sigue aquí, contigo. Cuando vivía casi no te hablaba, no te mimaba. Es cierto, te dio de comer, te vistió, te llevó a pasear pero no te enseñó a amarlo. No es que no quisiera, es que no sabía cómo hacerlo tal vez por eso no quieres que escriba una novela sobre ti. Pero no te preocupes no voy a desenmascararte porque tu máscara es la que me cubre a mí también.

BDSM

Lucía Baskaran

–¿NO TE DAS CUENTA de que el BDSM es en realidad lo estandarizado? ¿Que la mayoría de la gente tiene el BDSM como práctica principal en sus relaciones sexuales? Entiendo que te haya hecho mucha ilusión descubrirlo y me alegra que tu vida sexual te resulte mucho más satisfactoria y todo eso, pero me parece importante que sepas que esto que para ti es nuevo y revolucionario, tiene más años que Matusalén, y está mucho más cerca de lo *demodé* que de algo rompedor. Lo que pasa es que la mayoría de la gente no habla de ello, pero estoy seguro de que hasta tus padres tienen pinzas, látigos, fustas, cuerdas, agujas y dildos con pinchos en el cajón de la mesilla de noche. Es más, me atrevería a decir que puede que incluso tus abuelas incluyan alguno de estos objetos (o todos) en su vida sexual. Por eso me da como ternura que te presentes aquí con tu collar de sumisa y que lo luzcas orgullosa como si fueses portadora de un secreto que te pone por encima de la heterogeneidad, cuando en realidad estás siendo lo más heterogéneo del mundo. ¿Te sorprende esto que te digo? Piénsalo bien. ¿Qué hace el BDSM sino reproducir roles de la vida? No sé dónde leí que la mayoría de los sumisos eran hombres blancos podridos de pasta y con un montón de responsabilidades en la vida real. No me sorprende que estos hombres deseen ser azotados, penetrados y pinchados. Entiendo que necesitan estar a cargo de otra persona por una vez. Por el mismo motivo pero a la inversa, no es difícil imaginar al ama de casa más insulsa del mundo siendo la puta ama de las dominatrix. No me cuesta imaginar a tu madre metiéndole la punta de las botas por el culo a tu padre. Se supone que las fantasías sexuales representan aquello que no nos permitimos en la vida real. A la vez, es imposible dejar de reproducir roles, así que lo que hacemos es invertir los roles que performamos en nuestra cotidianeidad. ¿Acaso hay alguien que no sea esclavo? Somos bastante menos imaginativos de lo que nos gusta pensar. Y desde luego que tú no tienes nada de trasgresora.

Nada. Tú perteneces al grupo de las "chicas diferentes": pelo de colorines, tatuajes, algún piercing, te gusta la ciencia ficción, tienes un gato, eres vegana y practicas el BDSM. Exactamente igual que todas las "chicas diferentes". Te voy a decir lo que es diferente, aunque me parece que no lo vas a entender. Lo realmente revolucionario, lo que de verdad rompe todos los esquemas, es la entrega total al otro. Y no me refiero a entregarle tu cuerpo y dejar que el otro haga con él lo que se le antoje. Esto no tiene nada que ver con lo corpóreo. Tiene que ver con decir: "hola, soy dueño de mí mismo y me entrego a ti con todos mis agujeros (los del alma, no los otros) porque soy vulnerable y necesito ser amado tanto como lo necesitas tú. No me dan miedo tus agujeros porque he aceptado los míos e incluso he aprendido a amarlos. Me amo y me entrego a ti y quiero asomarme a tus abismos porque ya no le tengo miedo al dolor. Me entrego a ti porque sé que hagas lo que hagas, no me vas a poder romper, porque ya me he roto yo antes una y mil veces y me he vuelto a construir. Lo que tú puedas destruir es una nimiedad comparado con las destrucciones que yo mismo me he infligido". ¿Me sigues? No. Claro que no. Seguramente pienses que te estoy hablando del mito asqueroso del amor romántico. Dime una cosa, ¿qué es lo que te atrae del BDSM? ¿Que te hagan daño? ¿Necesitas que te provoquen dolor físico porque no eres capaz de gestionar tu dolor interno y necesitas exteriorizarlo de alguna manera? Si así fuera, más te valdría hacerte cortes en las extremidades, como están haciendo millones de adolescentes mientras mantenemos esta conversación. Da miedo, ¿eh? Pues permíteme decirte que hacerse cortes en las extremidades me parece un acto mucho más valiente que el BDSM. Al fin y al cabo, estás tú solo con tu dolor, y no delante de alguien, haciendo todo el teatro y poniendo tu dolor en sus manos. ¿Quieres ser trasgresora? Enciérrate en un baño con una cuchilla y hazte sangre o ábrete en canal y déjate de hostias. Pero no. Tú quieres el circo, quieres desangrarte como una cerda ante el público porque sin él estás perdida. Porque necesitas la mirada y el aplauso ajeno. Y no pasa nada, quien más quien menos construye su identidad a partir de la mirada ajena. Los bebés empiezan a tomar consciencia de sí mismos a partir de la mirada de su madre. Se dan cuenta de que son entes ajenos a su madre cuando esta empieza a hacerles carantoñas. Las carantoñas son la manera de la biología de decir "no eres tú, soy yo. Yo no soy tú". En el caso de que la madre no le haga carantoñas a su bebé y se limite a imitar los gestos de su criatura, el desarrollo del bebé se verá afectado porque no entenderá que su madre y él no son la misma persona. Esto se traduce en un adulto narcisista, incapaz de ver más allá de su ombligo y de entender que los demás no estamos en el mundo para girar como satélites a su alrededor. El adulto narcisista es insoportablemente frágil porque depende exclusivamente de la mirada ajena para constituir su *yo*. Cuando los demás no le devuelven la imagen que él tiene de sí mismo (que es básicamente la de un dios) se rompe. Dime, ¿tu madre te hacía carantoñas cuando eras un bebé? Si la respuesta es sí, seguramente no estarías llena de tatuajes ni irías gritando a los cuatro vientos que te gusta el BDSM. No estarías tan sedienta de aceptación ajena y te enamorarías de la gente sin la necesidad de que se enamorasen de ti. Porque yo estoy enamorado de ti, y tú crees estar enamorada de mí, pero sólo porque te gusta la imagen de ti misma que te devuelvo. Para de llorar, haz el favor.

BDSM

Lucía Baskaran
Trans. by Erika Bondi

"DIDN'T YOU REALIZE that BDSM is really the norm? That the majority of the people have BDSM as the main practice in their sexual relationships? I understand that it disappoints you to discover this and it makes me happy that your sexual life has ended up being much more satisfactory and all that, but it seems important to me that you know that this, which for you is new and revolutionary, is older than Methuselah, and is more passé than it is groundbreaking. What happens is that the majority of the people don't talk about it, but I'm sure that even your parents have pliers, whips, riding crops, leathers, needles and dildos with spikes in the drawer of the bedside table. It's more, I dare to say that can that even your grandmothers include some of those objects (or all) in their sexual life. For that reason, it gives me a sort of fondness that you introduce yourself with your submissive collar and that you wear it proudly as if you were bearer of a secret that puts you above heterogeneity, when in reality you embody the most heterogeneous type in the world. Does what I'm saying surprise you? Think hard. What does BDSM do but reproduce life roles? I don't know where I read that the majority of the submissives were loaded white men and with a ton of responsibilities in real life. It doesn't surprise me that these men desire to be flogged, penetrated, and poked. I understand that they need to be under the control of another person for once. For the same motive but the other way around, it's not difficult to imagine the most isolated housemaid of the world as the dominatrix's fucking servant. It doesn't take much to imagine your mother inserting the point of her boot in your father's ass. I suppose that sexual fantasies represent that which we don't permit ourselves in real life. At the same time, it's impossible to stop reproducing roles, so what we do is invert the roles that we perform in our daily lives. Perhaps there is someone who is not a slave? We are quite less imaginative than we like to think. And of course you do not have anything transgressive. Nothing. You belong to the group of "different girls": red hair, tattoos, some sort of piercing, you like science fiction, you have a cat, you are vegan, and you practice BDSM. Exactly the same as all the "different girls." I'm going to tell you what is different, although it seems that you won't understand. What is really revolutionary is what truly breaks all the rules, it's the complete surrender to the other. And I'm not referring to bodily surrender and allowing the other to do whatever they please. This has nothing to do with the corporeal. It has to do with saying: "hello I'm owner of myself and I surrender to you with all of my holes (of the soul, not the others) because I am vulnerable and I need to be loved so much as you need to be loved. Your shortcomings don't scare me because I have accepted mine, I've even learned to love them. I love myself and I surrender to you and I want to show myself to your abyss because I'm not afraid of the pain anymore. I surrender to you because I know that you'll do what you do, you will not break me, because I have broken myself a thousand times before and I've rebuilt myself. What you can destroy is nothing compared to the destruction that I have inflicted on myself." Do you follow me? No. Of course not. Surely you think that I'm speaking to you from the disgusting myth of romantic love. Tell me something, what is it that attracts you to BDSM? Is it that it hurts you? Do you need them to provoke physical pain because you're not able to handle your internal pain and you need to externalize it in some way? If it were like this, it would be worth it to cut your arms like the millions of adolescents do as we are having this conversation. Are you afraid, huh? So let me tell you that cutting your arms is a much more valiant act than BDSM. In the end, you are alone with your pain, not in front of anyone, putting on a show and putting your pain in their hands. You want to be transgressive? Lock yourself in a bathroom with a knife and make yourself bleed or slice your veins open and quit fucking around. But no. You want the circus, you want to lose blood like a pig before the public because without them you are lost. Because you need the gaze and distant applause. And no big deal to whom more or less constructs their identity through the onlookers' gaze. Babies begin to have awareness of themselves from the gaze of their mother. They realize that they are distant beings to their mother when she starts to flatter them. The flattery is biology's way of saying "you are not you, I am me. I am not

40

you." In the case of the mother who doesn't flatter her baby and is limited to imitating the gestures of her child, the baby's development will be affected because they will not understand that their mother and them are not the same person. This translates to an adult narcissist, incapable of seeing beyond their bellybutton and understand that the rest of us are not in the world to revolve around them, like satellites. The adult narcissist is unbearably fragile because they depend exclusively on the distant gaze of others to construct their *I*. When the rest of the world doesn't reflect the image that they have of themselves (that is basically of a god) they break. Tell me, did your mother flatter you when you were young? If the response is yes, surely you would not be covered in tattoos nor would you go crying to the whole world that you like BDSM. You would not be so thirsty for distance approval and you would fall in love with people without needing them to fall in love with you. Because I am in love with you, and you believe you are in love with me, but only because you like the image of yourself that I reflect back to you. Do me a favor, stop crying."

IMMOBILITY IS THE NEW SEXY

Lucía Baskaran

CAMINO DEL TRABAJO iba pensando en mi padre, que me decía "vas a ser alguien importante" unas navidades en las que aún éramos una familia. A menudo mi padre me sentaba en sus rodillas y me decía: "Luisa, eres especial", y yo lo creía, con esa especie de fe infantil hacia el objeto de amor paterno que nunca he vuelto a tener hacia ninguna otra persona.

Oía los tacones de mis zapatos "clac, clac, clac" como si viniesen de muy lejos. Los zapatos me los tuve que comprar para el trabajo, al igual que la camisa blanca, la americana y la falda de tubo. Un 10% de mi sueldo gastado en un conjunto que limitaba mis movimientos, que me obligaba a andar a velocidades reducidas, siempre un pie delante, el otro detrás. Un disfraz adornado con las palabras "elegancia", "profesionalidad", "pulcritud."

(Hacia el siglo XIX, se estima que un 50% de las mujeres chinas tenían los pies vendados. Para las mujeres de clase alta, este porcentaje era prácticamente del 100%. Vendar los pies de las niñas de alta cuna representaba su exención de realizar tareas pesadas. También indicaba que sus futuros maridos eran lo suficientemente adinerados como para permitirse el matrimonio con una dama a la que mantener y que esta esposa viviera sólo para complacer al marido y gobernar a los sirvientes de la casa. Esta práctica era conocida por el nombre de "pies de loto").

Si los hubiese visto, me habría dado tiempo a contener la respiración, levantar la cabeza y dedicarles una mirada desafiante; pero iba pensando en mi padre, "Luisa, eres especial", en mi uniforme y en las mujeres chinas torturadas. Cuando mi cabeza está librando una batalla, mi cuerpo se convierte en el de un autómata. La ira cegadora puede ocurrir en el más absoluto silencio.

Supongo que mis pasitos cortos y mi mirada perdida me convirtieron en un blanco fácil. El caso es que no los vi hasta que uno de ellos escupió un "guapa" en mi oreja. Un "guapa" que podría haber sido un "asquerosa", un "imbécil" o directamente, un eructo. La palabra no me molestó porque no pude descifrarla hasta que recompuse los hechos unos segundos más tarde. Me irritó la forma en la que esa palabra interrumpió mis pensamientos, como si alguien me hubiese abofeteado con fuerza durante un sueño profundo. Mi mano y mi dedo corazón se alzaron como un resorte, de forma instintiva. A mis pies no les dio tiempo a reaccionar y siguieron al mismo ritmo: "clac, clac, clac". Oí insultos, abucheos y un "¡encima te quejarás!", pero no volví la cabeza.

Me alegré de que fuese de día y de ver a dos transeúntes al final de la calle. Por suerte, comenzaba el período estival y el trabajo me mantuvo ocupada hasta que lo ocurrido se convirtió en un recuerdo lejano.

Como cada día al finalizar la jornada, y a pesar de mis constantes negativas, Enrique se ofreció a llevarme a casa en coche. Enrique era el trabajador perfecto: llevaba algo más de tres años trabajando en el hotel y nadie le había oído quejarse jamás. Parecía estar profundamente agradecido por tener un trabajo y se mostraba amable con todo el mundo, con una amabilidad que rozaba el servilismo y que no podía evitar que me irritase profundamente. Durante el año que llevaba trabajando en la recepción, Enrique me había propuesto salir a cenar con él unas cincuenta veces. El fin de semana anterior había cometido la estupidez de aceptar, en parte porque se me habían acabado las excusas y también porque la monja de la caridad que habita en mí decidió darle el beneficio de la duda.

Supe que había cometido un error nada más entrar en el restaurante. Enrique ya estaba allí, con los ojos brillantes y una sonrisa de oreja a oreja. Yo había elegido mi vestuario meticulosamente: vaqueros viejos, zapatillas de deporte y una camiseta ridículamente holgada. Quería que el mensaje fuese claro: "acceso denegado".

—Siento llegar tarde. He estado todo el día sin parar y ni siquiera me ha dado tiempo a cambiarme.

—Tranquila. Además, la que es guapa es guapa.

Intenté concentrarme en la comida mientras él recitaba monólogos que claramente había estado ensayando. No me costaba imaginármelo leyendo uno de esos manuales sobre cómo ligar. No pude evitar sentir pena. Aún así, me limité a contestar con monosílabos y a asentir educadamente. Él no parecía darse por aludido; al fin y al cabo, la Luisa que él veía en el trabajo no distaba mucho de la que le estaba mostrando.

Llegaron los postres y con ellos mi alivio al pensar que la cita tocaba a su fin. Alargué la mano para apurar mi copa de vino y Enrique me la cogió, mirándome a los ojos con una sonrisa bobalicona. Me levanté a toda prisa con la excusa de que tenía que ir al baño. Allí me quedé unos minutos, haciendo lo que hacía cuando de niña no quería ir al colegio: poner mi mejor cara de enferma, intentando convencer a mi cuerpo de que sufría un malestar insoportable. Volví a la mesa dispuesta a ganar el Oscar a la mejor actriz.

—No me encuentro bien. Acabo de vomitar.

Temí que Enrique se quejase al dueño del restaurante. Por suerte, se levantó rápidamente, pagó la cuenta y salimos, él con un brazo protector sobre mis hombros.

—No puedo dejar que te vayas así. Ven a casa, te tomas algo y descansas un rato. Vivo a cinco minutos.

Supe que eso también estaba preparado. Si yo no hubiese montado el numerito de la enferma, Enrique habría buscado cualquier otra excusa para llevarme a su casa. No iba a dejarme escapar tan fácilmente.

—Creo que me vendría bien pasear.

—¿Hasta tu casa? Son diez paradas de metro.

—Bueno, pasearé un rato y después cogeré un taxi.

—Te acompaño.

—No, gracias.

—Que sí mujer, no vaya a ser que…

—Quiero estar sola. Gracias por la cena.

Me alejé lo más rápidamente posible. No podía soportar la falsa preocupación de Enrique ni un segundo más.

Creí que después de lo ocurrido Enrique no me molestaría más; incluso estaba preparada para asumir malas caras y silencios incómodos, pero contrariamente a lo que pensaba, estuvo más atento que nunca. Creo que pensaba que había avanzado terreno después de nuestra cita, como si todo esto fuese un videojuego y yo fuese un objetivo al que se llega tras haber superado una serie de obstáculos.

Esquivé las miradas de Enrique durante todo el día, y cuando acabó nuestro turno, decliné su invitación de llevarme a casa.

Ese día olvidé llevar las zapatillas de deporte para cambiarme. "Clac, clac, clac", inicié mi regreso a casa. Oí pasos deslizarse casi en silencio detrás de mí. No me giré. Correr con tacones es imposible.

IMMOBILITY IS THE NEW SEXY

Lucía Baskaran
Trans. by: Erika Bondi

I WALK FROM WORK thinking about my father, who always told me "you are going to be someone important" some Christmases when we were still a family. Often my father used to sit me down on his lap and would tell me: "Luisa, you are special," and I believed him, with that childish faith toward the object of paternal affection that I have never had towards any other person.

I heard the heels of my shoes "click, clack, click" as if they came from afar. I had to buy the shoes for work, same as the white shirt, the dress jacket, and pencil skirt. 10% of my salary spent on an outfit that limited my movements, that obligated me to walk at reduced speeds, always with a foot in front and the other behind. A mask adorned with the words "elegance," "professionalism," "exquisite taste."

(Towards the 19th century, it was estimated that 50% of Chinese women had bound feet. For the upper class women, this percentage was nearly 100%. Binding feet of the young girls of affluent backgrounds represented their exemption from carrying out straining tasks. Also, it indicated that their future husbands were sufficiently wealthy as to allow them to marry a lady whom they would have to financially support and that this wife would only live to please her husband and direct the servants of the house. This practice was known as "lotus feet.")

If I would have seen them, I could have given time to control my breath, raising my head and dedicating a challenging look to them; but I was thinking about my father, "Luisa, you are special," my uniform, and the tortured Chinese women. When my head is weighing a battle, my body becomes a machine. The blinding rage can happen in the most absolute silence.

I suppose that my tiny short steps and my lost look made me an easy target. The thing is that I didn't see them until one of them spit out a "hey gorgeous" in my ear. A "gorgeous" that could have been a "creep," a "stupid" or straight up, a belch. The word didn't bother me at the time because I was not able to figure it out until I thought about the events a few seconds later. The way in which that word interrupted my thoughts irritated me, as if someone had forcefully slapped me during a deep sleep. I resorted to raising my hand and middle finger in an instinctive way. I did not give my feet time to react and kept the same rhythm: "click, clack, click." I heard insults, boos, and a "don't you whine about it," but I did not turn my head.

It made me happy that it was daytime and seeing two passer-bys at the end of the street. Luckily, the summer was starting and work kept me busy until the incident became a distant memory.

Like every day upon ending the shift, and regardless of my constant refusal, Enrique offered to take me home in his car. Enrique was the perfect worker: He's been working over three years in the hotel and no one had ever heard him complain about anything. He seemed to be profoundly grateful to have a job and he showed kindness to everyone, with a kindness that grazed servility and that I could not avoid and that deeply irritated me. During the year that he worked in reception, Enrique had proposed that I go out and have dinner with him some 50 times. Last weekend I had made the stupid mistake of accepting, partly because I ran out of excuses and also because the nun of charitable acts in me decided to give him the benefit of the doubt.

I soon realized I had made a huge mistake upon entering the restaurant. Enrique was already there, with his shining eyes, and a smile from ear to ear. I had chosen my outfit meticulously: old jeans, gym shoes, and a ridiculously baggy t-shirt. I wanted the message to be clear: "access denied."

"Sorry I'm late. I've been on the go all day and haven't even had time to change."

"No worries. Besides, you're gorgeous regardless."

I tried to concentrate on the food while he recited monologues that obviously had been rehearsed. It didn't take much to imagine him reading one of those manuals about how to flirt. I could not help feeling sorry for him. Anyhow, I limited myself to answering with one syllable responses and politely agreeing. He didn't seem to take the hint; in the end, the Luisa that he saw at work wasn't any different from the one that I was showing him.

The desserts arrived and with them my relief thinking that the date was ending. I stretched my hand to down my glass of wine and Enrique grabbed it, looking in my eyes with an idiotic smile. I got up in a rush with the excuse that I had to go to the bathroom. I stayed for a few minutes doing what I used to do as a girl when I didn't want to go to school: Put on my best sick face, trying to convince my body that it was suffering an unbearable illness. I returned to the table ready to win the Oscar for best actress.

"I'm not feeling well. I just threw up."

I feared Enrique would complain to the owner of the restaurant. Luckily, he immediately got up, paid the check and we left as he put a protective arm over my shoulders.

"I can't allow you to leave like this. Come to my place, drink something and rest a bit. I live 5 minutes away."

I found out that this was also prepared. If I had not staged the little number of the sickness, Enrique would have found any other excuse to take me to his place. He was not going to allow me to escape so easily.

"I think walking would be good for me."

"To your house? It's 10 metro stops away."

"So, I'll walk for a bit and then get a taxi."

"I'll go with you."

"No, thank you."

"I insist, in case that…"

"I want to be alone. Thanks for dinner."

I got away as quickly as possible. I could not stand Enrique's false concern for another second.

I believed that after what happened Enrique would not bother anymore; I was even prepared to take on awkward faces and uncomfortable silences, but contrary to what I thought, he was more attentive than ever. I believe that he thought that he had advanced in the playing field after our date, as if everything were a video game and I was an objective that he reached after having overcome a series of obstacles.

I dodged Enrique's gazes throughout the day, and when our shift was up I declined his invitation to take me home.

That day I forgot to wear sneakers to change into. "Click, clack, click", I initiated my return home. I heard steps almost in silence sneaking up behind me. I didn't turn. Running with heels is impossible.

GETTING AHEAD

Eric D. Goodman

FOR LONG DRIVES, it's good to have someone to talk to. She had driven from San Francisco to New York with her boyfriend, and that was great... at first. Their week-long road trip began with excitement, a full tank of gas and full thermos of sweet, milky coffee. They stopped off at community stores to pick up bread and bologna, cheese and crackers, bananas and apples. They stopped at rest areas marked "scenic overview" and there, they enjoyed an ambiance unmatched by any restaurant. At night, they pulled off in mall parking lots or parked in quiet suburban neighborhoods along side streets that didn't have houses on them. They read poetry and stories to one another, made out and made love in the back of her van.

He talked about his aspirations to become a disc jockey in New York City. She talked about her interest in making props for horror and science fiction movies—combining her knowledge of science, her interest in art, and her degree in fabrication to create fake body parts or alien creatures that would be consumed on screen by the masses.

"I could narrate one of your movies," he said.

"Most good movies aren't narrated."

"Then maybe you could have a show. An exhibit of your work. I could do the audio tour. You know, those things people carry around and listen to in museums?"

"Most props don't end up in museums."

He thought for a minute, but not much came forth. "I just wish there was some way we could combine my talking head talent with your special skills."

"If we keep thinking, maybe we can find a way to collaborate," she said, growing bored.

By the time they hit the expanse of Kansas, which somehow seemed to take half of their trip even though the atlas said it only made up a small part of it, things started to change. They argued about who was going to pay for the next tank of gas. He wasn't pulling his weight at the wheel.

"It's your van," he whined.

"Be a man," she griped.

In Texas, he bought a stupid ten-gallon hat at a gas station. It made him look smaller. She bought a souvenir Indian hatchet. It made her feel bigger.

The poetry he'd been reading to her became increasingly annoying, as did his attempts at witty conversation. To drown him out, she began playing cassette tapes she dug up from underneath the seats: an audio drama of *Othello*, a dramatic reading of Poe's *Fall from the House of Usher*. An audio production of Twain's *Letters from the Earth* that a friend of hers had produced in college. But he wouldn't shut up. He kept making snide remarks, an ignorant commentary to the works meant to drown him out.

At night, she dreamed of getting rid of him. Leading him to a lagoon for skinny dipping and then leaving him there, just driving off alone, only his clothing in the passenger seat to bother her. Or killing him and using his body parts as props. "These look so genuine," her prospective employer would marvel as she sealed a gig. She knew how to do it. She'd done it with animals in the lab, had severed and preserved the parts in glass jars or on dried planks of wood.

The further they went from west to east, the cooler their rapport. He wanted to stop off in Columbus to see the Thurber House.

"Who the hell is Thurber?" she asked.

"James Thurber? He's only the greatest New Yorker cartoonist and satirist who ever lived. Duh."

He was getting on her nerves, and when her nerves flared, she did crazy things. Once, about a year ago, she had awoken from a sleepwalk and found herself on a bridge with a dead bunny. Its foot, her lucky charm, dangled from the ignition now.

She smiled on the last stretch of their road trip, on that last day of their drive; it was almost as pleasant as the first. Things had changed with the rising of the sun; a transformation had taken place beneath the moon. He was quiet that day, smiling at her as she talked about what she wanted to do when she got to New York. "You'll love Darcy," she said. "We can stay with her for a few days until we find our own place. Or maybe you'd like to just stay in the van." He bobbed his head. He'd become agreeable and easy to talk to.

New York City glowed like a lighthouse, beckoning her into its open arms. The navigational system got her through the tight spots, brought her to Brooklyn where her friend from college waited. She got out of her van and they shared an embrace.

Darcy reached into the van to help collect some of the bags. She noticed the ornament hanging from the rear view mirror. "Nice shrunken head."

"Thanks," she said. "He keeps me company when I'm driving."

Darcy laughed. "You talk to it?"

"Sometimes."

"Does it ever talk back?" Darcy joked.

"Not anymore."

She slammed the van door and the head bobbed agreeably.

SOBRE LA ARENA

José Prats Sariol

> *¿Quién es ese niño que nos escribe*
> *palabras en la arena?*
> *¿qué sabe él quien lo desata y lanza?*
> Gastón Baquero

LO PRIMERO DEL DEDO ÍNDICE fue comprobar que el grado de humedad permitía a los trazos permanecer hasta que una ola, más poderosa que las habituales, borrara los signos. Como si fuera sobre un cielo estrellado, la pizarra de arena lo invitaba, despedía de cada grano reluciente, de los blanquecinos guijarros, un hervor de trópico que eran anzuelos listos a la pesca de sonrisas, aprensiones, remordimientos; que tal vez lo precipitaran a la decisión, lo lanzaran hacia un lado definitivo, desataran de pronto la actitud que aún mantenía dudando como un péndulo. Los trazos iniciales fueron garabatos, aunque algunos se acercaban a formas geométricas y el último parecía ser el cuadrado pitagórico, como un conjuro bíblico para ahuyentar las divagaciones. Entonces la palma de la mano izquierda borró las cuatro líneas y el índice de la derecha, lentamente, escribió la palabra. Las letras cursivas dejaron ver la *efe*, la *ere*, la *a*, la *u*, la *de*, la *e* final que sonó sobre la resaca con su abertura palatal, como si el cierre de las seis letras de *fraude* hermanara en una misma descendencia a cada uno de sus dedos, los que jugaron a la pelota en el solar del Cerro o pegaron en el maxilar de aquel borracho impertinente, los que acariciaron o arañaron, los que en las asambleas dijeron sí o no, los que ahora inocentemente estaban allí en la playa de Guanabo, al este de La Habana, frente al mar, como si nunca hubiesen apuntado contra alguien o aplaudido lo que no oyeron.

Fraude estaba allí en la arena de Guanabo y al mirarla brotó la vez que en el Preuniversitario, durante un examen de Química, había alzado la vista hacia la hoja de Miguel o de Luis para copiar la fórmula olvidada; la vez que había sido una broma, que sus amigos por fastidiarla, que ese perfume dulce y búlgaro no era de ninguna perdularia, Margarita, no, sino de pura maldad para que ella pensara en una juerga con otra por ahí, para encenderle los celos; la vez que juró no haber visto nada del accidente automovilístico para ahorrarse las declaraciones, el papeleo, el juicio; la vez de las mil veces. No. *Fraude* tenía flechas que no apuntaban sus engaños sino la mirada que se perdía en el horizonte azuloso. *Fraude* estaba en el filo de la decisión, tras salir del apartamento de la calle Consulado, sin rumbo, y llegar cerca de la terminal de trenes, ponerse en la cola del ómnibus, dar tumbos hasta la parada de la rotonda y caminar hasta aquí, a sentarse en la arena sin cuidar el pantalón, los zapatos y las medias negras.

De un manotazo borró la palabra, alisó con el canto de la otra mano los montículos de arena y el índice escribió *tiempo* y debajo *huida*, y debajo un signo de interrogación más curveado que el cuello de un cisne, sin punto, como un arabesco mudéjar. Miró las letras y trazó una cruz diagonal sobre lo escrito, con el medio y el anular acompañando al índice para que la tachadura fuese burda, salpicara las letras que no podía cubrir. Volvió a alisar el espacio blanquecino y escribió de nuevo *fraude*, y debajo otra vez *fraude*, y el signo de pregunta como un arete colgado de la *e*, siguiendo la línea.

Pensó que era un idiota, trajinado de aquí para allá, representando profesionalmente cada uno de los papeles que le habían tocado en destino o en azar, en desgracia o en bien. Pensó que haber ido allí a la orilla del mar era una alucinación, otro modo de no comprender nada, del intento diario por dormir las preguntas. Pensó el sosiego como si fuera el espejo del baño que se había astillado por su torpeza al cerrar la puertecilla del botiquín, como si ahora al encogerse de hombros salvara sus culpas, comprendiera la evidencia de una traición inexorable. Pensó que cualquier medusa podía exhibir el escozor de su belleza mientras que él, medio canoso y medio calvo, medio disfrazado de puro e impuro, sólo se alegraba de unos niños corriendo por la playa, de una inocencia remota, empañada en una foto de la primera comunión, de traje blanco y cirio. Pensó que oír su propio nombre era una herejía a saborear amarga, tormentosamente, sin importancia, con el estallido de lo que se arroja contra el piso, con el sonido de la furia de otra mañana, y otro, hacia un cuento con hadas y sin moraleja, con enanitos y sin Blanca Nieve. Pensó que el fraude era una aporía: pensar si uno sueña la vida o es ella quien nos sueña, quien nos zarandea hasta cariarnos con el salitre. Pensó que se trataba de caminar hacia nunca jamás, hacia un silencio cuya luminosidad no dejaba ver, hacia el invento de una burla que sale a volar sobre una escoba. Pensó que era un vulgar mentiroso con un corazón lleno de piedad hacia sí mismo, sollozando como un bufón para hacer reír a los dueños de la verdad, a los firmes que lo desdeñarían, que lo tildarían de blandengue y de escéptico, de diversionista y de saboteador. Pensó que estaba muerto y hablaba en indoeuropeo o en esperanto, en hebreo o en cubano, desde una torre o desde una tribuna, con cada uno de los emperadores y caudillos; y les decía que su martirio era no poder aplaudir más, nunca más. Pensó que si volviese a ser niño le gustaría quedarse allí en la arena quietecito, dormirse frente al mar, soñar con Cristo, Dios, la carta a los Reyes Magos que le traerían carbón, de nuevo la pesadilla del carbón porque se había portado muy mal.

Borró las palabras y escribió *horizonte*, no le puso detrás un signo de interrogación porque verdaderamente nunca *horizonte* lo había necesitado. Sintió el sudor pegándole la camisa a la espalda, empapándolo, recordándole que no estaba en Nueva York, que no estaba en París, que la humedad salobre era la de sus palmas y arrecifes, la de Guanabo con los hoteluchos y casas al pie de la loma. Recordó que al día siguiente, como cada lunes, tendría que asistir a la reunión del municipio, informar de su gestión en la biblioteca, iniciar otra semana. Deseó comerse unas croquetas, un pan con algo; tomarse una limonada, una malta fría, lo que apareciera. Miró cada una de las letras de *horizonte* como si fuesen un jeroglífico. Entonces, debajo, escribió la palabra *fe*. Y de pronto una ola le bañó los zapatos, las medias negras, el pantalón, hasta llegar a las letras y borrarlas de un golpe, dejar sobre la arena un garabato, un cuadrado ininteligible, la inocencia de los guijarros blanquecinos.

1985

IN THE SAND

José Prats Sariol
Trans. by Anja Bernardy

Who is this boy who writes
words in the sand?
What does he know about
who will untie and launch him?
Gastón Baquero

FIRST, THE INDEX FINGER had to verify if the sand was humid enough to allow the strokes to remain until a wave, more powerful than usual, wiped away the signs. As if it were a sky full of stars, the sandy blackboard called to him, exuding a tropical haze from every grain of sand, from every whitish pebble, like lures ready to fish for smiles, apprehensions, remorse. Maybe they would usher him into making a decision, throw him towards one side or the other, suddenly freeing him from the attitude that still had him doubting like a pendulum. The initial traces were scribbles, though some of them seemed more like geometric forms, and the last one looked more like a Pythagorean square, like a biblical spell to scare off digressions. Then, with the palm of his left hand, he erased the four lines, and his right index finger slowly wrote the word. One by one, the cursive letters revealed the *f*, the *r*, the *a*, the *u*, and finally the *d*, which could be heard bouncing off his tongue and hitting the outgoing waves. It was as if completing the word made those five letters skip down his fingers–the same fingers that played ball in the courtyard of the tenement house in El Cerro and hit that insolent drunk square in the jaw, the fingers that caressed and scratched, the ones that indicated yes or no at the meetings, the same ones that were now innocently hanging out at the beach in Guanabo, east of Havana, by the ocean, as if they had never pointed at anyone or applauded what they didn't hear.

Fraud was in the sand at Guanabo, and upon looking at the word it reminded him of the time he had lifted his gaze during a chemistry exam in high school to look at Miguel's or Luis' paper in search of the forgotten formula. It reminded him of the time his friends had played a prank on him, when they had doused him in sweet Bulgarian perfume just to annoy Margarita. But no, it didn't come from some slut–it came from pure malice and was meant to make her jealous; she was supposed to believe that he had somebody on the side. It reminded him of the time he swore that he hadn't seen the automobile accident so that he could avoid giving a statement, filling out paperwork, going to trial... It reminded him of that one time, and the other one time, and the one time after that. No. *Fraud* was full of arrows that didn't point at his deceit but rather straight at his gaze that was lost in thought in the blue horizon. *Fraud* was on the cusp of a decision: after leaving the apartment on Consulado Street, without knowing where he was going, he ended up near the train station; then he got in line for the bus, bounced along on the ride to the rotunda, walked here, and sat down in the sand without worrying about his pants, shoes, or black socks.

With a sweep of his hand, he erased the word, and with the back of the other hand he smoothed out the sand peaks. Then his index finger wrote *time* and then *escape* underneath, and below that a question mark that was more curved than a swan's neck; it had no dot, like a Moorish arabesque. He looked at the letters and drew a diagonal cross over the word, with the middle and ring fingers tracing along with the index finger to make sure his sweep was broad enough to sprinkle sand where he couldn't reach. He smoothed out the whitish surface once more and wrote *fraud* again, and then one more time *fraud* below that, and a question mark, like an earring hanging off the *f,* which continued the line.

He thought about what an idiot he was being manipulated all over the place, doing such a professional job performing each of the roles that he had the fortune, or the misfortune, to have to play, all because of his destiny or his luck. He thought about how having come here to the seashore was a hallucination, just another way of not understanding anything, the result of his daily attempt to put the questions to bed. He thought about staying calm, as if he were the bathroom mirror that cracked because the medicine cabinet door had been closed carelessly, as if now he could get rid of his guilt by shrugging his shoulders, as if he understood the evidence of an inevitable betrayal. He thought about how any jellyfish could flaunt the sting of its beauty while he, with graying hair and half bald, dressed half pure and half impure, could only be happy about some kids running on the beach, about an innocence long gone, reflected in a photo of his first communion, the one with him wearing a white suit and holding a white candle. He thought about how hearing his own name was a bitter heresy to be savored painfully, as if it were nothing, like the thud of something being thrown on the floor, like the sound of fury of another tomorrow, and yet another, turning into a fairytale without a moral, with dwarfs but without Snow White. He thought about how fraud was an aporia—do we dream of life or does life dream of us? Does it toss us around until decay from the salty air sets in? He thought about how it was all about walking towards the nevermore, towards a silence whose luminosity doesn't let us see, towards a hoax concocted to take off on a broomstick. He thought about how he was a common liar with a heart full of pity towards himself, sobbing like a buffoon to entertain the owners of the truth, the unwavering who would despise him, those who would accuse him of being a weakling and a skeptic, a diversionist, a saboteur. He thought about being dead and speaking from a tower or from a stage in Indo-European or in Esperanto, in Hebrew perhaps, or in Cuban, to each of the emperors and strongmen, and how he was telling them that his torment was that he could no longer applaud, that he would never be able to applaud again. He thought about being a child again—he could remain lying quietly in the sand, fall asleep by the ocean, dream of Christ, God, and the letter he wrote to the Three Kings, who would bring him coal; there it goes again—that nightmare about the coal because he had misbehaved.

He erased the words and wrote *horizon*, but he didn't put a question mark behind it because *horizon* had never really needed one. He felt the sweaty shirt sticking to his back, soaking his skin, reminding him that he was not in New York, that he was not in Paris, that the salty humidity came from his palms and reefs, from Guanabo with its cheap hotels and houses at the bottom of the hill. He remembered that the next day, as was the case every Monday, he would have to start another week, attend the municipal meeting and tell them about his work at the library. He felt like eating some croquettes or a piece of bread with something on it, perhaps drink a lemonade, a cold malt beer, or whatever was available. He looked at each of the letters in *horizon* as if they were hieroglyphics. Then, below it, he wrote the word *faith*. And suddenly a wave swept over his shoes, his black socks, and his pants, until it reached the letters and erased them with one stroke, leaving behind only a scribble, an unintelligible sign, the innocence of the whitish pebbles.

AUTORES · AUTHORS

Lucía Baskaran at the age of 17 escaped to Madrid to become an actress. In 2009 she started her first blog, where she would write about everything and anything that interested her without any particular order nor any kind of censorship. In April of 2016 she published her first novel, *Partir*, with the publishing house *Expediciones Polares*. The novel was a finalist of the Herralde 2015 prize. She is currently a columnist for the newspaper *Diagonal*.

William Blome writes short fiction and poetry. He lives wedged between Baltimore and Washington, DC, and he is a master's degree graduate of the Johns Hopkins University Writing Seminars. His work has previously seen the light of day in such magazines as The Alembic, Amarillo Bay, Prism International, Fiction Southeast, Roanoke Review, Salted Feathers and The California Quarterly.

María Cañas *La Archivera de Sevilla*, *La Virgen Terrorista del Archivo*, María Cañas, audiovisual iconoclast, *salvaje mediática*, practices *videoguerrilla*, that is introduced in clichés and genres in order to destroy them. With a degree in Fine Arts, she did her Doctorate studies in Esthetics and History of Philosophy at the University of Seville and a Masters in Digital Postproduction C.E.A. She directs *Animalario TV Producciones*, a creative space dedicated to the culture of recycling, to appropriation and artistic experimentation.

Lilia Chaidez holds a doctorate degree in economics from the University of California, Berkeley. During the day she is an economist and a short story writer during her free time.

Adrian Coto is a poet and writer from Los Angeles, California. He is currently an MFA candidate for Creative Writing at New York University.

Belén Gache is a Madrid-based Spanish writer and poet. She was born in Buenos Aires. Since the 90´s she has been creating experimental and conceptual poetry and conceptual hypermedia pieces. She is considered one of the pioneer poets working with digital media. Her piece Word Market (2012) has been commissioned by Turbulence.org with funding from the National Endowment for the Arts (USA). HerRadikal Karaoke is part of the ELO (Electronic Literature Organization) Collection (USA). Her work is also part of the Netescopio net-art archive (Spain).

Luis Gordo Vila was born in Puertollano (Ciudad Real), is a freelance writer (*MU* art magazine, catalogue of María Cañas' exposition "Kiss the Fire", prologue of the book *Spain is Pain*...), poet, performer (the performance "El OráCULO del arte"), copresentor of the radio program *Wasabi*, an acclaimed space to provide commentary on the works and lives of wild and radically independent groups (Swans, The Doors, Scott Walker, The Birthday Party, American Music Club, The Gun Club, Beasts of Bourbon, The New Christs, and many more...).

Eric D. Goodman is a full-time writer and award-winning author of literary fiction. His novel, *Tracks* (Atticus Books 2011) won the Gold Award for Best Fiction in the Mid-Atlantic Region from the Independent Publishers Book Awards. His next novel, *Womb*, is being released by Merge Publishing in Spring 2017. He's also author of the children's storybook, Flightless Goose.

Eric's short fiction and travel stories have been published in dozens of periodicals, including *The Baltimore Review*, *The Pedestal Magazine*, *The Potomac*, *JMWW*, *Barrelhouse*, *Scribble*, *Grub Street*, *Syndic*, and *New Lines from the Old Line State: An Anthology of Maryland Writers*.

Eric reads regularly from his fiction on Baltimore's NPR station, WYPR, at book festivals and events, and he curates and hosts the popular Lit and Art Reading Series at the Watermark Gallery.

Carlos Ponce Meléndez is the author of a novel: *El Gringo Latino*, *book of short stories: Platicas de mi Barrio*, two children books and an e-book of poems: *Happiness at Any Cost*. His poems and short stories in English and Spanish have appeared in publications such as: Small Brushes, The Texas Observer, El Angel, Celebrate! Under the Sun, Attention, Arch and Quiver and elsewhere.

José Prats Sariol (Havana, 1945) conducted his literary studies in la *Universidad de la Habana* with José Lezama Lima. He is a literary critic, novelist, essayist and university professor, and has published an extensive corpus of work, amongst which include: *Mariel* (1997, 1999, 2014), *Guanago Gay* (2001), los *Estudios sobre poesía cubana* (1988), *Criticar al crítico* (1983) and *Fabelo* (1994). He formed part of the group that prepared the special edition *Paradiso*, by José Lezama Lima for UNESCO. He currently lives in Miami.

María Yuste (1988) is currently working as a an editor for *PlayGrouna* magazine and is the author of an self-fictional book *Vida de provincias* (Honolulu Books, 2014). Given her style of writing, she has been called the Mediterranean daughter of Louis C.K. She is currently working on her second book.

DIGITUS INDIE PUBLISHERS
www.digitusindie.com
EDITORES INDEPENDIENTES

Contrapuntos I: A Live Anthology (2013)
Narrators: José Prats Sariol, Juan Miranda,
Teresita Giacaman, Elena Atanasiu, Cristina
Rivera Garza, JC Prasnik, Marvin González.
Editor(s): Erika Bondi and Marcos Pico
Rentería.

Contrapuntos II: A Live Anthology (2014)
Narrators: Gabriela Alemán, Judith Castañeda
Suarí, Daniel Herrera, Pedro Ángel Palou,
Regina Rheda, Rick J. Santos, Tino
Villanueva.
Editor(s): Erika Bondi.

Contrapuntos III: A Live Anthology (2015)
Narrators: Guillermo Corral, Saúl Cuevas,
Sarah Rafael García, Chely Lima, Marcos Pico
Rentería.
Editor(s): José Flores.

CONTRAPUNTOS

SUBSCRIPTION FORM

First Name: [＿＿＿＿＿＿＿＿]   City: [＿＿＿＿＿＿＿＿]

Last Name: [＿＿＿＿＿＿＿＿]   State: [＿＿＿＿＿＿＿＿]

Address: [＿＿＿＿＿＿＿＿]   Zip: [＿＿＿＿＿＿＿＿]

[＿＿＿＿＿＿＿＿]   Email: [＿＿＿＿＿＿＿＿]

Select Your Choice:

Past Issues:

○ Contrapuntos I (Print) for 9.95

○ Contrapuntos II (Print) for 9.95

○ Contrapuntos III (Print) for 9.95

Domestic:

○ Contrapuntos - 2 (print) issues for 17.90

○ Contrapuntos - 4 (print) issues for 31.84   BEST DEAL!

($18 will be added for shipping to NON US addresses)

☐ New Subscription   ☐ Renew

Make checks payable to: Digitus Indie Publishers

Mail to:
Digitus Indie Publishers
805 N. 6th Ave. #103
Phoenix, AZ 85003

63

www.ingramcontent.com/pod-product-compliance
Lightning Source LLC
Chambersburg PA
CBHW020558130626
46552CB00007B/2943